Pour Prudence.
Sois libre mon amour !
Mon hirondelle, ma toute belle.
Je t'aime.
Maman

Les mercis :
À Violette, mon eau vive, mon amour ex-æquo.
À Éric, ma montagne.

Et aussi à Mumin, Alice, Fifi, Sinbad, Eloïse,
Max, Babar et Jean de la Lune, mes amis d'enfance.

Merci à Charlotte Moundlic, mon grand Manitou !
C.G.

Flammarion – 87 quai Panhard-et-Levassor – 75647 Paris Cedex 13
ISBN : 978-2-0812-2672-2 - Dépôt légal : octobre 2010
L.01EJDN000404.N001
Imprimé en juillet 2010 par Toppan (Asie)
Loi n°49-956 du 16 juillet 1949 sur les publications destinées à la jeunesse.

www.editions.flammarion.com

charlotte gastaut

LE GRAND VOYAGE de MADEMOISELLE prudence

Père Castor • Flammarion

cui
cui
cui
cui
cui
cui
cui
cui
cui
cui
cui
cui
cui
cui
cui

TU ES PRÊTE ?
ON Y VA !
ALICE

MA BELETTE, TU M'AS ENTENDUE ? C'EST

PRUDENCE ! ON Y VA. PARTI !

JE T'ATTENDS... TU ES PRÊTE ?

ATTENTION, JE COMPTE JUSQU'À 3 : 1, 2, 3

TU DIRAS BIEN BONJOUR EN ARRIVANT

ALLEZ, MA BEAUTÉ, ON SE DÉPÊCHE

TU AS PRIS TON DOUDOU ? DONNE LA MAI

ET OÙ AS-TU RANGÉ TON SAC? ET OÙ SONT DONC PASSÉES TES CHAUSSURES?

N'OUBLIE SURTOUT PAS D'ÉTEINDRE LA LUMIÈRE

DÉPÊCHE-TOI! TU ES PRÊTE?

ET METS TES CHAUSSURES NOIRES

PRUDENCE!

MAIS OÙ SONT TES CHAUSSURES?

RANGE TA CHAMBRE AVANT DE PARTIR

ET QUAND COMPTES-TU METTRE TES CHAUSSURES À LA FIN?!

PRUDENCE: ON VA FINIR PAR PARTIR SANS TOI!

ALLEZ! JE T'ATTENDS.

ALLEZ! À LA VOITURE!

MAIS ENFIN OÙ SONT TES CHAUSSURES?

RHOOÔÔO... TU M'ÉPUISES,
PRUDEEEENCE !! ALLEZ, ON Y VA ! IMMÉDIA-
TEMENT

RÉPONDS QUAND JE TE PARLE ENFI
ET LE MATIN ? QU'EST-C
QU'ON FAIT LE MATIN ?
ON SE BROSSE LES DENTS

TU FERAS BIEN ATTENTION HEIN ?!

OÙ SONT TES CHAUSSETTES ?

HOOOOOLALÀÀ
ET RANGE TA
CHAMBRE

TU SERAS BIEN SAGE...

Ù SONT TES AFFAIRES? OÙ EST TON PULL À RAYURES?
T OÙ EST TON SHORT? JE TE RAPPELLE QUE JE T'ATTENDS
T LE SOIR? QU'EST-CE QU'ON FAIT LE SOIR?

ÉPONDS-MOI
UAND JE
E PARLE!

ON SE
BROSSE
LES DENTS!

T OÙ
ONT TES
HAUSSURES?
OUR LA
NIÈME FOIS!

LÀ-BAS: TIENS-TOI TRAN-QUILLE!

MAIS OÙ
SONT TES
CHAUSSURES?

T N'OUBLIE PAS DE DIRE MERCI!

RUDEEENCE: TU FERAS BIEN ATTENTION HEIN?

SOIS

BIEN SAGE!

NE FAIS PAS TROP

DE BÊTISES... MAIS

OÙ SONT TES CULOTTES?

ÉCOUTE CE QUE JE DIS

FAIS ATTENTION

À TES AFFAIRES!

ESPÈCE DE OUISTIT

ARRÊTE DONC DE GIGOTER

EST-CE QUE TU ES PRÊTE? JE T

PRÉVIENS, ON PART SANS TOI

ET FAIS CE QUE JE DIS!
PRUDENCE.
POUR LA DERNIÈRE FOIS:
OÙ SONT TES CHAUSSURES?

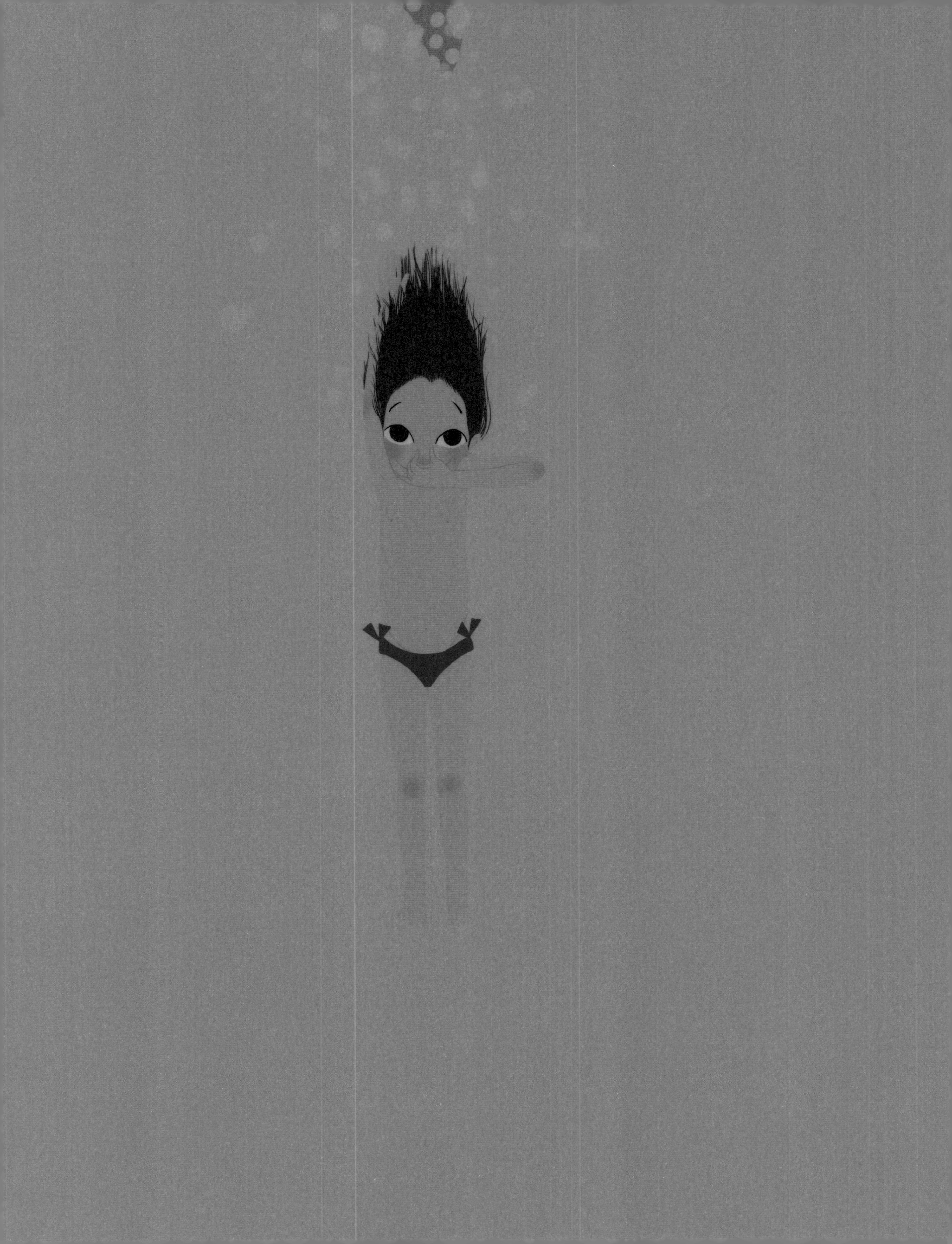

PRUDENCE

ALICE

PRUDEEEENCE !!
ON Y VA !!
VIEN
ALICE
on se tient à carreaux hein ?!!

ALICE
J'arrive !
ULYSSE